청어詩人選 375

바다의
야인

장
형
갑 시
집

청어

바다의
야인

장형갑 시집

자서

    산다는 것이 가장 진솔한 아픔이라고 했던가! 누구나 감춰 두고 싶은 부끄러운 날들이 없겠는가! 시린 기억 속에 생생히 존재하고 있는 야인의 바다는 기쁨보다 아픔이 더 많은 기억을 차지했다.

    바다가 흐르고, 세월이 흐르고, 인간 만사가 흘러가서는 갯마을 방파제에 주저앉아 모래의 살을 건드리며 추억을 남기고, 세월은 흘러가다가 어머니처럼 찾아와서는 나를 웃게 하고 울게도 한다.

    허술한 낚싯밥에 시어(詩語)가 낚이지 않아 허탕이 일수였지만 가끔 올라오는 잔챙이 자연산은 섬과 섬 사이 또 하나의 작은 섬에 부딪혀 질질 끌려와 그리움만 먹을 뿐 바다를 버리고 솟는 일이 없었다.

    그러나 불 짊어진 가슴이 꿈을 펼치지 못하여 거리를 헤매던 젊은 날처럼 떠돌다가 끝내 쓰러지고 말 내 꿈들을 부여안고 갈매기 우는 한바다에 낚詩대를 펼쳐보니 아픔이 낚이고 기쁨이 낚時 바늘을 물고 바둥거리고 있었다.

파도에 울음소리를 토하며 고독으로 왔다가 모진 풍상의 한 생애를 받아들이며 의연한 자세로 살다가는 짧고 값진 여행길을 끼적였으나 흘러가는 야인의 바다는….

삶의 기로에서 독설 촌철살인 논단 기고의 완충작용을 할 것이라며, 잡시(雜詩)를 끼적여 시집을 낸다는 것은 아무래도 부끄러움을 상실한 것 같다.

차례

2부 존재의 그 이름

3부 자연의 물보라

4부 낭만의 추억길

5부 바다는 흐른다

1부

고향의 그림자

마음속의 연가

가슴속에 멈춰버린 단 한 사람
마음에 아물지 못한 상처
이승에서 다시는 볼 수 없는
첫사랑의 영원한 사랑 되고

그립다
보고픔의 끝은
내 안에 감춰둔 사랑으로
꺼내 보다 다시 말한다

지는 노을 바라보면서
울어 버린 내 심장은
저미도록 시린 여인이여

그대 그늘 아래
부르던 노랫소리는
이 생애 가장 아름다웠던
나의 어머니

회상(아버지)

추억의 책갈피에 담기듯
남겨놓은 호롱불 되어
눈 흘기며 돌아서 가는
코끝에 머문 봄바람

그리움 끝에 깊어진
계절의 담담한 변화처럼
묵묵히 젖어 든 옷섶

님의 자리 흙의 진리를 얻듯이
한 세월을 꿋꿋이 견디다
생의 모진 시간마저 청산하고
영혼을 거두어 간 북극성 하나

님이 두고 간 날갯짓 흔적도
꽃눈 내리는 하늘을 마주하면
바닷물 깊이만큼의 사랑인 것을

후회 없는 가슴으로
순간을 채우고 바라보다
세상에 남겨진 너의 몫이라고
깨우쳐주신 아버지

동백아가씨

이슬을 머금고 움튼 꽃잎
꿈을 품어 바다를 사랑하듯
고운 자태로 피어나

젖은 잎 위에
눈보라 치는 날
애달픈 사랑의 꽃

첫새벽 햇살을 감추고
동지섣달 여문 열매 하나
몸이 변하듯 영혼으로 서서

이끼 낀 바위틈 사이
한겨울 푸른 잎의 당신
시린 날 가슴을 채워줄 동백아

바다에 부치는 편지

인생의 모진 값을 채워
달이 보듬고 의롭다고
자화자찬의 뜨거운 남자

바다가 부르면
부성애 향기 담아
수평선 맞닿은 파도와
젊음을 태울 흔적으로 달리면

밤에 귀뚜라미 소리는
창문을 흔드는 바람처럼
울림의 심장소리 되어
그리움을 비는 마음으로

망막한 바다 한가운데로
띄워 보내는 편지
너는 바다에 나는 이 땅에서
기다림 되어 그대에게 전하네

내 마음의 풍금 소리

하늘이 열리고
세상에 귀가 열리니
걸어가신 조상들의 길
작금의 시간을 기리운 것은
영혼을 살린 효의 대성이라
어찌 멈출 수 있으리오

심장의 고동소리가 우렁차고
두렵지 않던 그 길
남산 정자에 서서
바다 끝의 나의 젊음
남은 생이 보인듯한 청춘

초침의 변함과 함께
영혼을 담을 그릇되어 달려간
너와 내가 품은 고향길

고향 고성

고향의 산하는
도도하게 펼쳐진 한려수도에
물빛 파도처럼 향수에 젖은 내 고향

먼 훗날 나의 안식처가 되어
코끝의 바람이 젖을 달콤하고
내 영혼의 지표가 되는
영혼 속의 사계의 빛처럼
이슬만 먹고도 견딜 귀한 땅

나를 견디게 한 고향은
역사의 묵화처럼 아련함으로
언제나 길잡이가 되어
엄마 품같이 품고 품을 고향 하늘

고성 거류산에서

지키려는 쟁탈전에
깊을 정신 당항포 대첩지
칠현 산자락 사량도가 덧없구나

어느 임의 멈춘 걸음에
예지의 칼날 소가야 산천을 품고
초목의 우거짐 속 코끝의 추억 향

해풍에 젖은 영월은
바위 난간에 선 채
노송의 세월도 오간 시간

너의 시야는
정상 바위에 앉으면서
오만 시름 간데없고
지나는 과객들의 쌓은 돌탑에
한손 집어 기도하니

내 영혼의 안식처
소담한 꿈을 키워 준
거류산의 정기에
야인의 인생도 함께 지킨다

눈물의 언덕

눈물의 강이 흐르듯
남몰래 회한의 땀을 훔쳐내니

사월의 삭풍에 젖어
고향 언덕 영혼 속으로
청춘을 불태운 열정의 이력서

여명이 다가오면
생명으로 깨어나 바라보다가
삶으로 묵묵히 위로받아

세월의 시간만이 약이 되니
흘러간 추억 길로 걷는다

풍년 설움

한 나그네의 걸음이
절절함을 떨치듯이 손 흔들 때
고개 숙인 한 맺힌 땅은
묵묵히 세월만이 울고 가네

꽃물이
가득하던 논두렁
풍년가로 가슴이 벅차오를 즘

쭉정이의 서러움 가득
농심은 가을 하늘 저 높음의
빈 대가에 스치는 바람 소리뿐

고향집

까막까치 울음
저 언덕배기에 동동거리며
오가는 바람은
하얀 마음 졸이고 있구나

빈 뜰 풀숲 이루고
노을 속으로 물들면서
산새 한 마리 비켜 날아드니

고향집 그리워 찾아오거든
초가지붕 하얀 박꽃 되어
덧없이 그리움의 가슴으로
술잔을 기울였다고 전하리

고성의 바다

겨울 지나 봄으로 가는 너
춘풍에 춘설로 목이 메어
소름 돋게 한 다정한 햇살

해풍으로 청춘을 붙들고
솔잎처럼 푸른 물줄기에
저 바다 깊은 사랑을 알린다

뒷산에 올라 바람을 안으면
수려한 바다의 풍경에 젖어
내뱉은 작은 한마디

사랑한다, 고성이여

청정해역 바다새

고성만 청정해역에
길 잃은 새 한 마리
삶의 귀로에 선 몸부림

삶의 터전
원망의 소리는
눈물로 핥으며
삶의 귀로에 선 몸부림

파도에 갇힌 신음 속은
몸부림치다
메아리치는 소리
지친 날갯짓으로 찾아든다

아버지의 영상

하루해가 저문다

어스름 등잔불을 밝히고
장작 군불 태우는
골 깊은 육신을 바라본다

매화꽃이 피고 지는
가없는 땀방울 괴는 땅
향내 풍기는 애수의 초가는
춘삼월 기운에 감나무가 웃는다
고향의 초가삼간 헛간 속
바랜 빈 지게는
툇마루에 놓인 아버지의 총검
그 속에서 나를 바라보는
가슴이 울렁거리면서

야인의 희망

고향을 등지고
오늘을 견뎌온 발걸음
소득 없는 볕 아래
나를 가르치듯이 서 있다

고단한 세월
사막에 놓인 듯
가슴에 담았던 심장
잡초와 같은 마음일까

약은 있는데
나을 수 없던 병
잠든 시간이 서럽던 멍은
천지가 희망이 되고
꿈이 보약처럼 오늘을 깨운다

가을 들녘에서

추억을 가슴에 담고
고독한 심장 들판에 묻힐 즘
황금빛 들녘의 아우성

가을 들판 풍년도
가식에 덮어지는 옷깃
야인의 가슴속의 불길

가을볕 쨍쨍한데
땅도 하늘도
탄식 소리 비바람 되어 흩날리고
저며오는 가슴 비만 내리네

갯마을의 노래

코끝의 갯내음
갯벌에 물오른 허리
주저앉은 바람이 구름을 타듯
태양의 도도함에 항복한 석화

여름을 지키는 바람은
땀방울에 덮여
고단한 시간을 다독인다

바다의 꿈은
혈관을 타고 흐르는
타는 심장에 젖어든 세월
속살 씻으려는 영혼 하나는
바다와 마주 섰다

시름에 찬 세상사
염원 한 줌을 더하여
어부의 하얀 웃음의 바닷길
초록빛으로 쉬어가는구나

고성에 뜨는 해

산과 바다가 분신처럼 여유로운 땅
그러나 문명의 이기, 상처받은 영혼
조상들의 생사와 말로
전력 질주의 삶을 이루어낸 천혜의 지리
여기는 한려수도 아름다운 고성 한바다
잔물결에 녹아든 인생의 고락
한자리에 인화되는 힘의 땅
자연과 역사의 거성이 다급하다
노도 같은 왜구를 진멸한 이순신의 충직
남은 후손들의 깨달음과 솟아나는 애향
어스름한 등불을 들고 일구어 가야 할 해 뜨는 고향
세상만사 희로애락이 모두 고향에 쌓아지다
그 속에 절대로 지치지 않는 와룡
천군만마의 웅기를 조율할 초록의 고장
어진 꿈 하나로 숯처럼 그을린 철인
남산 망루에 홀로 앉아 마주 본 고성 한바다
인고의 숱한 세월을 그 안에 품었으리라
상족암, 자연이 빚어낸 미완의 보물
화려한 하늘의 비극, 땅에 내린 공룡 발자국
그 옛날 공룡들도 몸을 굽혀 아첨했는가?
그 발자국 위 나의 발을 맞추어 본다
아 선현의 피와 땀!
염원으로 가득한 고성인의 의지

초심으로 돌아가 달려야 할 이 땅의 체취,
계절의 순환이 내 어미 젖무덤같이 포근한 곳
돌멩이 하나 풀 한 포기,
뿜어 나오는 세세의 인정의 꽃밭
사시사철 발걸음이 끊이지 않은
자긍과 면면에 새겨진 역사의 터전
한나절의 볕이 곧 희망이고 삶의 기록이다
한때는 원망도 품었다
또, 한때는 절망과 실의에 길이 아득하기도 했다
고향! 고성에서 다시 혼을 깨우다
경륜이 삶의 힘인 것처럼
고성인의 자존을 깨울 때가 바로 지금이다
내 어미의 손수건이 펄럭이는
가장 이상적인 고성의 미래에 남은 내 청춘을 걸다
거류산 기를 듬뿍 받아
만고풍상을 다 견딘 철인이여!
평화와 지혜, 그리고 절개를 아는 국화
그 곧음과 은행나무의 그 청렴함
고성을 깨우는 길조인 까치의 힘찬 비상
수려한 경관으로 펼쳐진 넓은 바다의 마음
고성인의 도약과 도전의 또 다른 시작
영육의 조화롭고 지혜로운 교차
고성이여!
저 정념의 기를 모아 다시 모이자
우리는 언제나 하나
건강한 고성을 위하여

그리움에 이른 봄

매화 향 가득 흩뿌리며
산천을 주름잡던 매수마을
사랑에 가슴 태웠던
그 자리 하얀 눈이 휘날리네

고군분투한 계절을 넘나들며
순백의 매화꽃 피워 낸 봄볕은
노을 속에 닿은 겨울의 눈물

산허리 가로지른 운해의 줄기
연둣빛 속살을 피우다
남은 칼바람에 머뭇거리는 꽃눈

잎새도 못 피워 한을 삭인 가지 끝
둥지 틀지 못한 까막까치
돌기둥 내 맘속에 쉬어가고
등진 겨울 끝에 선 골바람은
가버린 세월뿐이라 말할 때
그도 그리운 이름 불러보는구나

2부

존재의 그 이름

순백의 연가

천지에 인연의 끝
세속의 완성은 사랑이니
더하지도 빼지도 말고 딱 그만큼
초졸(樵猝)과 미령(靡寧)하여
애절함은 청산 깊은 빗소리
망자의 한처럼
어둠이 빛을 탕진하니
사랑도 무쇠도 녹일 열정

영혼을 불사른 연서
내 안에 몹쓸 병 빙하의 한때와
창공의 성진이 되어
오월의 천지는 청초 생명의 힘
방종으로 버려진 가시처럼
고통의 시간을 넘어
빚진 듯 등 뒤에서 지긋이
그리움에 밤 한자리 차지하렴

만고의 순결한 사랑
나의 꿈 하나를 나누고자
저기 머물고 있구나

바다의 사연

바다는
사랑을 품은 섬
잔잔한 쪽빛 물결
칼날 뱃길에 길을 잃어
볕 한 줌에 반짝반짝
섬과 섬의 길에 서있네

어머니의 바다
뒤따라간 아버지의 사랑
해무에 젖은 가슴의 불효는
섬 따라 말 못 할 사연 안은 채
통곡의 바다로 건너지 못하고

철없는 발자국에
모래성을 쌓으니
갈매기도 바다를 잊지 못하듯
갯바위 섬에 우뚝 새겨져 있다

사랑이란 두 글자를 안은 채

엄마의 품

쪽빛 바다로
흐르는 강물을 얹어

바다로 흘러
보듬어내듯이 받아놓으면

물살에 치우치는 파도는
꾸짖듯이 회오리치면서

태평양 젖줄을 물리듯
잔잔히 잠재울 때는

엄마의 포근한 품과 같구나

섬에 핀 상사화

푸른 잎이 다 지고 나면
별은 너를 부르고
놓지 못한 마음에 끈은
길모퉁이 볕 쪼임의 바람아

밤낮없이
소금 절인 몸으로
영혼을 깨우듯이

너에게로 가는 길
보이지 않는 속울음 안고
묻어지는 아픔은

사랑의 방랑자로
바람에 뭉개버린 구름 되어
만날 수 없는 그리움만이 쌓인다

늦가을 애상

한밤에 숨어
다녀간 찬 이슬
겨울 준비조차
허락지 않은 너에게

불꽃 펼쳐진 빈터에
또 무엇으로 채우려고
오는 계절의 끝에 서있나

만고에 너를 안고
붉은 잎 소복이 쌓인 위에
화선지 펼치고파
너를 붙잡지 못하리

억새풀

그리운 언덕
풍우 설한 통한의 몸짓
뼛속까지 흔들어대는 고독함처럼
한 깊은 줄기에 심은 고집
원래 너는 하얀 시나브로

몸으로 말할
누군가 너를 보여주듯이
하늘도 함께 흔들어 주는 포옹
깃털처럼 흩날리다
스치는 바람에게도 내어주는 자리
꺾이지 않는 모습
너는 빛은 찬란하구나

어찌 홀로 빛이 날고

돌아선 겨울

인고의 깊은 시공은 상처로 묻고
협곡을 넘듯 견디다
생명으로 지키면
봄이 되어 젖어 돌아오는 길

혹한의 동면하면
볕은 고개를 들고
황야에 뿌려놓은 초상화되어
가지 끝에 머문 연두의 힘
삶에 열망으로
뜨겁게 피어오를 때

어느 미망의 사랑도
단 한 번
사랑으로 심어질 또 하나의 병
흘린 시간을 꿈으로 품고 간다

빈 지게

그 언제이었던가

오늘도 비릿한
냄새를 맡으며
노을 진 바다에 묻고 있다

그토록 빛났던
꿈과 희망을 담으려 했던 날
지금은 얼마만큼 채웠냐고

허전함은
세월을 더듬어도
논두렁의 외로움에
노적을 바라보듯 한마음
어깨에는 빈 지게만 지고 있구나

고독한 시간

바다에 뿌리내려
시대의 애향은 들숨과 날숨
시간 속으로 땀방울만 차오르면
오늘도 뜻 모를 슬픔을 안는다

한줄기 빛이 되어
바다에 선 야인이여
한 잔 술에 배운 잡시(雜詩) 하나

수렁에서
터지는 업보를 짊어지고
촌철살인 내몰린 단애가 되듯
상처 난 마음속앓이가 되었구나

세월

노을을 품은 산자락
생각이 갇힌 세상에
심장을 녹이는 한 잔 술
지척 홀로 외롭다

작은 섬
내려앉은 시어 하나 물고
파도를 헤쳐 가면
하늘은 어찌 태양만 머무르랴
달빛에 쫓기고
해성의 신발이 닳기도 하련만

너 달리는 만큼
빠른 초인은 없고
초록별 인사를 더 미루어
갈 때까지 가보자
거침없이 바다를 건너온 당신
처마 끝에 꽁꽁 언 고드름 같구나

소금기둥

추억의 깊이로
홀로 선 나의 길
슬픔의 술잔을 들고
꿈틀거리는 저 바다 위에
언제나 너와 함께 가는 것처럼

저 불빛 섬마을
천공(天空)에 너를 보내고
색 바랜 무거운 짐
빗질하듯이 선 단애

노을 한자리
소금 기둥 세우고
내 무변을 달려온 시간들에게
영혼을 실어 묻고 있구나

길

인생은
고독과 함께 머물고
세월 따라 아픔도 보듬다가
외로운 고혼이 되어
흙으로 돌아가는 것처럼

물같이 바람같이
아직은 저물지 않은 노을에
너와 나를 가두고 싶다

순진한 아이가
잔설이 두고 갈 자리
기다리는 것은 봄
그렇게 더불어 흘러감은

별처럼
달처럼
묵묵히 시간을 담아
자연에 순응하는 것이다

자화상

이순의 시간이 빛나듯이
산하에 쌓인 감내는
사방을 둘러보아도
제자리로 흘러간 삶

전력 질주해 온 여정은
천명이란 진중의 마음속
바람같이 스치다
송죽의 곧음에 우뚝 섰다가
소멸된 천상의 운해처럼
견주지 못할 여운으로 남는다

청운의 꿈 펼치던 희망의 닻을
값진 시간으로 멀어지고
가장 여문 나이 이순이여
언제 녹을 것인가
생애 더 없는 꿈아

만고의 우수를 담은
가을 단풍처럼
낙엽에 수를 놓고
인생 노정 더 없을 인내로
목마른 시향에 손짓하는 오늘
순백의 잔을 들고 가련다

퇴고(推敲)

불타는 소나무
싸늘한 소원 하나
너는 무엇을 아는구나

파도가 일렁이는 소리
너그러움의 상처는
찬바람에 허기진 단풍마저
앙다문 부끄러운 고해성사

어제는 오늘에 줄
작은 희망 하나
오늘은 내일에 그려질 문신
그렇게 한겨울이
시뻘건 노을에 데워지고 있다

풍운의 술잔

풍운의 심장도
들끓는 청춘도
통한 속에 심은 웃음이
도인의 길인가 싶다

귀밑에 내려앉은 설야는
넓은 바다의 기다림에
세월의 꽃으로 피어나겠지만

깊은 물길과 함께 기울이는 잔
시름에 젖은 한숨에
추억 한자락 깔고
한 술잔에 덮여진 심장에 묻는다

그대가 들고 온 고독은
술잔 속에 묻어 마시고
청청한 뱃길에 던져놓으라고

가을 여행

내가 남긴 자리
누가 머물까
끊어진 첼로의 현을 보듯이
마음은 멀기만 하게 느낄 때

정거장 없는 시월의 시 하나
뜨거운 심장에 불씨로 심어
홀로 달려가는 가을의 뒷모습

새가 상처 난 날개처럼
상한 심신으로 텅 빈 마음은
시월을 건너기란 녹녹지 않네

기댈 곳 없는 가슴
쓸쓸함을 떠안을 야인의 심장
더 큰 허무로 돌아가면

텅 빈 가을 들판에
서늘한 그림자로 서 있다가
녹아든 외로움 앞에서 멈춘다

무한도전

눈을 감아본다

지극히 짧은 시한 제의 삶
먼지같이 쌓이다 바람 같은
통한의 시간들
아픔의 군상에 글에 담는 필봉은
산과 들의 고뇌의 흔적으로
청춘의 잔해로 폐부를 찌른다

한낮 땅에 스미는 볕은
야인의 고독한 편린의
방종과 열정
문득 멈춰 사방을 둘러보다

명작의 그림처럼
노을은 화려한데
사계의 시공을 넘나들
내 편의 무한한 꿈 하나

오늘은 생명의 첫 시발점에
깨어 있는 날의 가장 맑은 날
정지되지 않은 강물만이 흐른다

천왕봉 연가

험한 산중 철없는 철쭉
덧없는 세월을 품고
지리산 능선을 잇는
해무 짙은 유월의 바람
목젖을 타고 도는 목마름
산 끝에서 헤매다

상한 등에 업은 짐
동악(東岳)에 묻고
천수천안 고사목 눕지도 못하다
바람에도, 찬 서리에도
그대로 견디더니
실타래 같은 세상사
사랑은 도둑처럼 가슴을 훔쳐라

더는 오를 곳도 없으매
눈에 품은 한 폭의 동양화
자존의 심상에 젖다
희미하게 풀어놓은 산자락에
지존처럼 내려앉은 안개의 터

돌무더기 틈에 초록 잎으로 머문
소나무의 기상처럼
나 머물렀다 가느니
천하의 청춘을 불태우다
아직 꺼지지 않은 불씨
심장에 꽂은 나는 야인이다

3부

자연의 물보라

상족암

초저녁 옅은 어둠 속
수평선 쪽빛 한려수도는
바닷속에 숨겨두었던 그림자

흑암에 묻혀
수평과 지평의 길들이
멈추어버린 너의 시간에

병풍바위 살갗 시린
단아한 상족암 족적화원의
남겨진 살점 태운 불꽃처럼

너는 암맥이 되어
더는 견디지 못할 때
빈 걸음으로 다시 바다로 갈 수 있을까

꽃 한 송이

애증의 끝에 선 단애
미명에 뿌려진 꽃잎
인내의 쓴 테를 자른 절규로
몸을 뚫어 개화의 빛 불사른다

가야금 산조의 울림
조화를 이루듯
오월의 청청한 대지에
사랑의 전율에 쓰러지면서

꽃잎은 젖어
야월 삼경 병풍의 절개라
영혼이 깃든
춘절을 건너온 시공처럼

그 이름 그대로 담고 담으니

살빛 네 향기 코끝에 넘쳐
이 생의 불멸의 밤은
생생한 너의 환희만이
온밤 나를 뒤흔드는구나

박꽃

가버린 세월
별 따라 간 그림자
달빛 아래 정인을 그리면서

햇볕을 타고
구속받지 않은 채
잠시 채우고 스러질 꽃

안개비 속살 서린 새벽녘
다 털어내지 못한 정열
그 이름 안에 있던 몸 사위 되어
다시 일어선 내 사랑

송천 솔섬

불타는 듯 솟은 야성
정열 포말 진 자란만 파도
수평선 너머 별을 보듯

고적한 시간을 달래며
밤바다에 침묵의 숲길
쾌적을 남긴 너

바람에 깎인 틈 사위
회귀본능의 날개를 펴고
갯내음에 심장을 세운다

젖은 육신의 애환은
운명의 몸부림으로
너와 나는 바다에 서 있구나

낯빛

골 깊은 풍상에
비켜 간 돌 틈
인고의 옷을 입고
꽃을 피웠으니

차마
넌들 꺾을 수 있으리
한순간일지라도
세상에 온 것은 필연이라
생명 그 몫으로 왔다
빛으로 견디어본다

노송의 삶

해풍에 무너질 듯 맡긴 천년 송
모진 바람 가지에 품은 세월
군자의 모습으로 서 있다

사계의 풍한을 바다에
영겁의 때 시선을 가다듬고
그 자리에 선 해송

윤회의 길
돌고 돌아 춘몽의 하얀 꽃 세상
겨울도 봄인 듯
봄도 겨울인 듯
시절이 오가니
세상도 풍요로워지려마

사량도

여린 몸 허공에 날린
꽃의 눈물 옥녀야
네 넋을 달랠
참사랑 노래 띄워볼까

어둠에 갇힌 수평선
낮밤 없는 창파에
마음 하나 실어
긴 겨울밤
고독한 야인은
철썩이는 푸른 가락
심안(心眼)으로 토해낸다

한려수도 고운 파도
고도(孤島)를 감돌아
꿈꿔 온 세월 뭍 향한 가슴앓이

돌아누워도
더 이상 소멸되지 않아
방생 못한 첫사랑만 탓한다

칠선계곡

산기슭에 고립된 소나무
바위 사이에 감춘 뿌리마저
생명은 간절한 외침 속의 메아리

벼랑을 타고 내리는 물줄기
세월의 골마다 길을 만들고
일탈을 꿈꾸듯이
물은 산을 더듬고 간다

풀잎을 흔드는 바람은
숨이 차듯 얼굴 붉혀 숨는 풀꽃
인기척에 눈 비비니

밤하늘에 떨어지던
별똥별에 소원 하나
품고 가는 핏줄 같은 것
산허리에 걸려
뉘엿거리는 노을같이
지친 듯 돌아올지 모르는
비워둔 자리
생명은 계곡에서 안주한다

바위틈의 청송

망망한 바다에
해풍을 벗 삼아 다져진 길처럼
세월도 등 뒤에서 창가를 띄운다

바위틈 풍상을 견딘 청송
가없는 세월에 젖고
흔들리며 가는 사계절의 별처럼
한 생의 의연함으로 머물러
세상의 번민 중
그 틈에 홀연히 남겨지니

수평선에 기댄 파도 되어
보이지 않은 안온(安穩)
휘장이 걷힌 또 다른 듯
사랑도 세상의 한자리
거기 나의 꿈이 펼쳐지리

바다와 단애

부서지는 파도 소리
흰 구름 먼 창공의 시향
삶의 터전의 섬의 바다의 사람들

힘 모아 불러대는 노래는
여정의 노도 같은 자연의 환경
지혜와 혼으로 살아가는
진솔한 땀의 삶의 현장

억만년 흘러온 참 얼굴이
너와 나의 혼이 되어
한려수도에 달려와
자연속으로 돌아가네

한려수도

소금 절인
어머니 가슴
애간장 녹인 자장가일까

등대 불빛에
쪽빛 파도의 잔영은
하늘 닿은 곳에 별은 초롱한데
그리움의 별빛은
물 위에 뜬 밤에 기울어 가네

묵묵히 지켜온 쪽빛 바다는
유성들의 적막으로
긴 세월 갯내음에 삭아 내리듯

한밤에 젖어 엎드린 파도의 혼은
한려수도의 파도 따라간 세월도
꺾여 묻어 나온 소리로 닿는다

겨울이 하얗게 누운 몸짓
수평선의 애끓는 꿈속에 머물 듯이
야인은 가슴으로 담으리

조약돌

바다가 부르는 가슴앓이
하얗게 쏟아지는 포말에
찰랑거리며 스치면서
혀끝에 머물듯이 파고든다

물가를 휘감고 지나면
간밤에 두고 간 울음소리는
몽돌의 둥근 먹색의 만남

파도에 그려 담은
밤의 소용돌이에
지난밤 등대불은 잘 잤느냐

남산 야생화

짙은 안개비가 내린 자리
일출의 햇살이 내리기 전
이슬 꽃잎이 채 마르기 전 이파리

초록으로 채색되어
반겨주던 모습
길 숲 한 모퉁이 내려앉았네

바람의 벗으로
살결에 생채기 날까
웅크린 어설픈 모습

낙조로 물든
노을빛으로 반겨
긴 수명의 또 하루를 넘긴다

자란도

바닷길의 끝없는 공간
파도에 씻긴 여운을 안은 채
그림으로 펼쳐지면서

반짝이는 쪽빛 물결
은빛 비늘의 만선의 지점
귀향하는 뱃머리에
붉은 난 야자수 정원
풍운에 시달리다

수정처럼 맑은 물빛에
봉황 머물다 지난 자국
한려수도의 뱃길 사이
주름 잡힌 가슴 하늘 보고 웃는다

한산도

청춘은 등에 지고
바람 지나는 길목
오욕의 땅에서
여전히 야인은 서있네

쪽빛에 깊음의 정제
세상의 물길에 담고 씻어
터지고 찢긴 상처
파도에 휩쓸려 가면

속울음의 무거운 심장
고독을 여미어가는 장군의 섬
삶을 견디다 때 없이 찾아와
그 자리, 그 모습은
너뿐이구나

병풍바위

공룡의 아픈 혼백이
바다의 존재를 덧입힌
미묘한 각양각색의
세월의 결정체 되어

역경을 헤쳐온 장엄
풍우에 굴하지 않고 견딘
말 없는 장도의 빛

질곡의 풍상을 몸에 안고
인고의 고통을 안은 채
하늘이 내린 몫이라

바다에 풀어 놓은 힘
원망의 미움
좌절과 설움에 비껴가는
또 하나의 인생

상족암 병풍바위
자연이 부르는 힘은
범접 못할 또 다른 열망도
식지 않고 영원하듯 펼쳤구나

해송(海松)

벼랑 끝에서
절규하며 뿌리 묻어
먼바다를 향한 네 몸

해풍에 닳은 세월도
이기지 못한
아득한 욕망의 암
억겁의 인연으로 머물다
독야청청 거기 서 있으니

사계의 시공에
기댈 곳 어디에도 없고
넓고 깊은
생명선의 사선을 긋는다

애달프다
고독에 젖어
창파에 너를 정박하고
그만 넋을 잃어

사랑의 그림자
인생사 모두가 억 겹이라
짠 물속 젖어간 밤에
너도 바다를 품고 슬피 우는가

매물도

봄 자락 가득한
울긋불긋 진달래 물들고
엄마를 기다림의 몸
여물처럼 세월을 묵히니

물결에 잠긴 소금꽃
뭍으로 오고파
임 기다리는 섬

쪽빛 바다
흩날리는 햇볕에 바래듯
등대섬 뱃노래 소리에
목쉰 어부의 구성져온다

색동의 이파리에
가을 한자리 적힐 시어가
실타래처럼 꿰고
바람 따라 물살에 가슴 적시니

그대여,
우리 다리가 되려니
칠월 칠석 한밤중 꽃으로 오시어
애린 듯 저미는 가슴앓이 되려네

가을비

하늘은 시공을 타고
지면을 채우는 우중
추억을 쏟아놓듯이
지금 사랑이 오는가

눈을 감으면
수줍게 파고들 별처럼
꿈속 같은 우수의 미로에
내 안에서 사는 사람

그 끝에 턱을 고인 오두막에
묵정밭 추적이는 비는
망초꽃 낙화에 사색의 우수로
사랑도 인생도 늪에 고여
독한 술 한 잔에 가슴을 씹는다

4부

낭만의 추억길

여류(女流)

당신을 본 그날
심장에 잔잔한 파문이 일고
심정의 녹수라
옥수로 나를 빚으니

한평생 기쁨으로 살다가
달을 뿜어 올린 석양같이
감춰야 할 웃음만 짓는다

노을에 탄 가슴은 온통 까맣고
묵직한 시혼(詩魂)으로
걸음은 왜 붙잡느냐

바람도 공기도
전부 너의 것
마음속에 가득한 사람아
이 고즈넉함을 어찌할까

넘보지 못할 먼 땅
무정하게 심장을 흔들면
에덴의 사과로 열려있듯
호롱불 밝힌다

태양에 노닐 것 같은 사람아
빛나지도 않고 눈에 띄지도 않을
성전에 숲에서 머물다 가자

반지꽃 사랑

봄 햇살 소복이 모아
지천에 오가는 벌, 나비
바람으로 유혹하는 순간
통 크게 자리 잡은 풀밭
숨어 세상을 엿보는구나

무리 중에 머물러 있을지라도
당당한 님의 얼굴 되어
추억이 울다 가슴에 잠들다

섧다고 눈 감아 마음을 다독이면
낮달도 눈썹달처럼
기다림 꽃으로 온 그리운 님

가슴에 스미는 향기처럼
저녁 하늘에 떨구고
오래 머물다 가시오

애련(哀戀)

세월은 파도에 물들다
그리움이 떨어져 밟힌 꿈
심장에 돋은 혈관의 뭉침 속
가슴 일으켜 세운 한 밤에
쏟아지는 빗소리에 젖어 든다

홀로 지새운 밤
은하수 건너 허기진 시간
잠 못 이뤄 술잔 기울인 가슴은
속절없이 빗속에 녹아드니

고독은
거울 앞에 다소곳이 앉아
젖은 밤 빗줄기 주워 담듯이
비애를 숨기고 화장을 고치며
이별로 돌아선 무정한 사랑

별

이곳에서
마음을 꿰고
그리움을 펼칠 때

세월도 흐르고
마음도 흐르며
온통 기다림뿐이구나

심장에
훈장처럼 상흔이 닿지 못하게
두문불출하면서
또 너를 품는다

유수와 같은 세월
내 청춘 하루하루
목소리의 여운만 있을 뿐
가는 시간이 야속하다면서
오늘도
해는 서산을 뉘엿거리네

상사화 1

삼켜버릴 듯 강렬하게
번뇌로 맺힌 가슴의 불길
혈관으로 뿜어 올린
생의 뜨거운 열정은
세상에서 가장 외롭고
표현 못 할 고립되어

한순간도 멈추지 못한 채
이룰 수 없는 비애만이
긴 그리움과 기다림의 여정인가

높은 곳에 자신을 버리고
낮은 곳으로 하강하듯이
평생 엇갈린 시공 속은

눈물로 덮고 아픔으로 새긴
너는 꽃이요
나는 잎으로 너를 기억하면서
서러웠다 못내 아쉬움에
애달픔으로 쌓인 정

애화(愛花)

성지에 머물다
스쳐 간 바람 같이
정열의 화염에 타듯 넘나든 시공

홀로 태울 수 없는 시간
공간의 사랑의 인연
춘삼월 잔설이 쌓인
인내로 잉태한 힘에 섬

꽃이 지고 이별하니
남은 건 눈에 아른거린
심장의 두들김의 마음

천 리 밖 고독 하나
목을 빼고 바라본 풍경
너는 빈 마음만 떠 있구나

한계(限界)

세월의 저편
터질 듯 심장의 조각 섬
낙조의 하루해를 접는다

운명의 장난
추억이 현실이라
동백과 같은 열정
채우지 못한 밤

별빛에 휘감는 눈동자
만면에 미소의 숨긴 사랑
허허로운 가슴 한쪽을 채울
불멸의 빛
어둠 속 바다 물결 위
소금을 쏟아내듯 하얗게 비워간다

파도

사랑 한 올
흔들면서 휘감아
가지 끝에 숨은 바람아

어느덧 달빛에
강한 물살로 떠밀려 사라져
행복한 음이 퍼짐처럼
그리움의 만남에 희열 속

수줍게 내어준 여심은
애욕의 심장을 세우면서
시들지 않은 정열의 꽃

아련한 몸짓은
벅찬 가슴의 뜨거운 청춘이
빛과 야망의 출렁임 되어있구나

사랑의 불꽃

오월의 꽃비로
가슴 안의 여인의 향기는
바람으로 쉬어간다

멀어져 버린 사랑
꿈 안에 서성이면서
사무친 그림자 되어

품 속에 어린
정인의 모습처럼
불태운 사랑 같구나

길모퉁이
추억의 발길 속마저
가슴에 스며들 오월의 꽃이여

우중의 강

고독에 표류하다
어부들의 그물에 갇힌 몸
꽃이 사그라지듯
5월의 무딘 밤

새순이 돋을 날
손꼽아 기다리는 마음으로
강물에 너를 던져

밤안개 자욱한 강
안겨오는 너에
생명의 펄럭임은
우중 속에 남겨진 여백

사랑의 노래

안갯속에
흑막은 지천을 덮는데
나를 찾는 싱그러운 바람은
볼을 스친다

섬광이 빛을 내듯이
한 줄의 글귀에 젖어가는 인연
가슴을 켜고 기다리니
수 날이 모여 일 년 이 년

그대 숨결에 기대
사랑의 세레나데로
이 밤도 그리워
더욱 선명해지는 밤

그대 아름다운 목소리
먼 곳에서 노래 불러도
해 떠오르는 듯한 나의 사랑아

연분홍 연정

연분홍 꽃물결이
부드러운 파장으로 일렁이면

영혼의 떨림은
사선을 넘듯이
너를 사랑이라 말할래

강바람에
환희의 꽃 가슴에 안고
맑은 이슬의 샘물 솟듯이

열정의 순간마저
바람에 떠밀려 오면
오선지 위
공간을 그리면서 글을 쓰리

야성의 덫

짧은 시간 위로하며
심장의 헤맴을 원망하면서
사랑을 잠시 놓아둔다

속절없이 사라져
출렁이는 지표의 쉼표 하나
네온이 흔들리는 도시

사심에 흩뿌린 패기마저
불타는 욕정을 감내하고
다시 기다림을 그려가듯이

만나고 헤어짐이 인연이라
사랑을 이룰 한때
거미줄로 덫을 채워온다

야인

산부엉이
간간이 울어대는 밤
풍운에 지친 영혼을 담아

도면에 남겨진 시공은
성진도 외로운 듯 깜박이면
일만의 고독에 묻혀

달이 걷는 하늘에
밤의 연을 쌓다가
안빈의 시각을 벗어나니
한 모퉁이 서서 사색에 졸고 있구나

별 같은 나

바람과 사는 야인
천명이라
난세에 고독한 이름
현생에 뿌리내린
흔들리지 않는 지조
성관(誠款)에 한없이 약하다

지금 어디를 헤매고 있는가

그도 아니면
일천지하 내 안의 파문
잠재울 그 누가
고운 모습에
별 하나 키워도 좋으리

종로의 밤

시인이 돌아선 자리

여운이 낙엽처럼 흩어지다
젖은 밤에 던져진 야인
가라앉은 시간의 한기는
낙원동 골목길에 묻고
밤의 뒷골목을 헤매다

낯선 거리에
고독하게 밀려드는 밤
떨어지는 빗방울에 오열 속에
가로등만이 위로하는 벗이네

어느새 여명의
티 없는 눈동자는
혹여 다시 찾아올세라
궂은 비에 무너진 야성은
시인의 흔적마저
애꿎은 빗줄기에 지워지네

슬픈 사랑

파도에 물든 세월에
꿈속 그리움을 안고
숨 가쁜 사랑을 부르듯이
응혈 된 심장의 포효 소리는
한밤중에 침묵을 깬 빗소리

외로움에 깬 흔적은
텅 비어 멀어져 홀로 빈 술잔이라
전전반측 눈 감고 귀 기울이니

황망히 사라진 허무한 연심
추녀 아래 몽글몽글
나무처럼 여기 선 채
너는 또 누구의 고독을
깨우고 있느냐

내 안에 담다

녹이고 녹일 감성
간절한 시어 한 구절 외우듯
성에 갇혀 들려오는 환청

사랑을 담을 기다림
단아한 소리 끝에
정겨움 하나의 청춘의 힘

사랑일까
안타까운 시간은
지적인 듯 체념하듯 선명하다

메아리에 여물지 못한
고요함이 사랑으로 와
심장의 불화살은
철없던 시간을 안아본다

야생화

가버린 세월
별 따라 간 그림자
달빛 아래 정인을 그리면서

햇볕을 타고
구속받지 않은 채
잠시 채우고 스러질 꽃

안개비 속살 서린 새벽녘
다 털어내지 못한 정열
그 이름 안에 있던 몸 사위 되어
다시 일어선 내 사랑

5부

바다는 흐른다

너는 어디에 있는가

기다림도 빛이요
삶의 한 가운데
한낮의 뙤약볕 같은
사랑은 너와 행복에 젖은 채

구름에 달이 가듯이
잿빛 하늘이면 또 어쩌랴
행선지 묘연하고
하늘 아래 그립다
손짓으로 부르면

잠 속에 황망히 사라진 뒷모습도
그대와 간절히 기도하면
이별에 이별을 물으니
야인이여 공존을 논하지 말자

승부사

겸손의 미덕
하늘과 땅에 정기 받은 호랑이
세계에 우뚝 솟을 대한의 미래

지상에서 마지막 보루로
자연만이 남길 유산 하나
선명한 대들보는
한결같은 정의와 슬기로 보듬다

북풍 설한
용수에 스미는 향수
부드러운 침묵 속은
강열한 사랑의 그 올곧음 속
또 하나의 비장함
진실 하나
함성 하나

혜성

광명한 날에
심장은 때 없이 무겁고
동한의 갈대숲
이별만이 흔들린다

풍운이 닿은 살찐 바다
고단한 노역에 시달리듯
한낮 수평선에 가시가 되어

다시 떠오른 시간의 포말
야인은 여전히
고성을 지키고 서 있는데

고독인가
고단인가
바다 한가운데
겨울이 잠잠하여 외로워라

쪽빛 바다

춘해
얼굴을 스치는 바람인 듯
하루의 파도는 잠 못 들고
고독에 생각 많이 젖어버린다

바다의 노을이 스러지고
어둠을 지키고 선 그대
별빛 가득한 가을 바다는
세상의 만상을 다 실어 가듯
수려한 그 자태

세월 속에 묻힌 기억들
영겁에 지친 시공에 박힌 빛
나는 어둠이고
너는 빛이어라
값없는 길 인도하는 성진

내 오늘에 이르러
진리를 깨닫고
철 지난 시린 속에서
인생을 배우리

고행의 바다

성산의 파도인가
심상의 폭풍인가
실눈 뜨고 마주한 바다
꿈처럼 반갑더니
울음 그친 아이인 양
먼발치에서 웃는다

너는 변함없이 그 자리
나 또한 변함없이 이 자리
풍향에 그립다 말로 털어내니
애잔하게 스미는 바다에
세상 병 아닌 게 어디 있으랴

바닷속 물살 뵈지 않은 것처럼
어느 수상한 시절 보내고
싫도록 대할 줄 뉘 알거나

오늘의 그리움은
세상에 발 딛고 살아온 벌
무녀의 발바닥처럼
해탈에 저물지 못한 시간들
이생의 것이 아니어도 좋으리

단단한 벽 하나 허물 힘없는데
동공마저 풀린 어지러움
그 안에서
꿈 아니면 또 무엇일까
사는 일이 꿈이 곧 사는 일
바다의 파도도 순간 흐르는 물이니
부질없는 것은 곧 인생이라

한려수도 애(愛)

청춘의 곡절도
빗물에 감춘 눈물로
독주(毒酒)의 외로움에
복받쳐 가슴이 울고

낭만의 계절을 낚아
너에게로 닿을 조각 섬
이 깊은 밤 다리를 놓아
한 점 순백의 술잔은

현을 가르듯이
바람같이 엷은 파도가
그대의 환영을 회유하니
꽃 같은 하얀 미소
바다 한가운데 출렁인다

우수에 젖어버린
쪽빛으로 아롱지는
야인의 마음속에 담은 너는
그리움이요
애달픔이 되리

노을빛 속으로

한려수도
물들어 있는 선현의 혼
순백의 술잔에 가슴을 채운다

심장을 잇는 시와 정담에
쪽빛 바다 정 깊은 밤을 담아
철 따라 삶을 찾듯이
바다에 띄우는 청춘의 노래

길손아
승경에 취한
황금빛 속의
시린 포말 진 파도 아래
한려수도 노을빛을 보듬고 섰네

밤의 연가

첫사랑 연정을 담아
한 사람에 서원의 세월
사모하는 심장은 깊어간다

하절에 절규하는 우중에
밤이 기울면
손끝의 골 따라 머문 청춘

추억 주워 담을
인연의 항아리는
가슴속 깊이 더듬는 르네상스

사념

청록의 푸르름에
짓누른 애간장이
끊어지듯 녹아질까

저물도록 식지 않는 열기
폭염의 공룡처럼 입을 열고
비도 없고 눈물도 마른날
외롭고 곤한 길을 달린다

첼로의 현의
소리가 멎은 곳에
영혼으로 걸어 나선 날개는
불현듯 세상에 새겨진 그 이름
잊히지 않을 눈을 뜬다

고뇌의 외침

봄볕에 그을린 마른 가지
춘풍의 고적한 구름에
차디찬 바닷바람

아직은 동면한 겨울이
서성이는데
침묵한 속은 허전하다

계절의 사잇길에 머문 너
간간이 불어오는 갯내음 따라
야인의 마음속 흔들면

수평선 너머 찾아올
님의 얼굴 떠오르다가
만공산 가로막혀 파도에 묻히니

회오리바람 일 듯이
메아리치는 외침만이
고뇌 속에 잠이 들겠지

어느 곳에서
치맛바람 일으켜 오실 님
춘삼월 꽃이 피기 전에
바쁜 발걸음처럼 다가올까나

공존

그리워 떠나다 멈춰 선 자리
풀숲에 숨어 붉은 몸 세우고
너만이 머물 수 있는 곳

산마루 고개를 넘다
쉬어가는 기슭의 꽃 되어
아롱진 마음으로
세상을 품고 있구나

술잔에 정 하나 담듯이
붉은 꽃잎 시들고 나면
이곳에 추억 잔 기울이고
비루한 고향을 떠났다 하여라

내 그리워 돌아오면
한밤을 어찌 꺾었냐고
여운의 풍파 속에
마음 놓고 흘러갔노라 전하네

인생이란

이팝꽃 하얗게 핀 향기처럼
허물어진 맘이 온통 차오르면
쓰다 만 편지 한 장
속없고 철없던 시절에
열린 문틈에 감춰 둔 추억

나란히 함께 가야 한다고
곁에 묵묵히 기둥처럼
언제고 볼 수 있을 거라던 너

그늘에 편히 쉬면서
볕 가는 곳 계절은 깊어지고
남겨진 흔적은 끝없는데
세상은 잘도 흘러가는구나

미온의 희망을
외로움일지라도
미흡했던 시간은
추억 길에 잠겨있다고 말해주길

소원

너는
하늘에 노닐고
황금노을
산마루 걸쳐 있는데

높고 넓은 하늘 바다
내 몸
어디쯤 쉬어 볼까

갯마을
고독한 섬으로 남아

서산에 지는 꿈
애타게 불러서
독한 시 하나 소원한다

치유의 술잔

바다에 펼친 꿈
속 날개 타는 인생
신열 속에 빚은 애련은
목마른 상흔의 이력인가 보다

삶의 고행 속
한 잔 건네는 맑은 술
그대 세상을 이길 도력
치유의 잔을 채워가니

억겁의 인연은
고뇌하는 시간이라
천하 풍류를 읊조려 보네

시 한 수 안주 삼아
정이 넘치는 고성의 바다
진솔한 내 삶을 위해
청춘을 가슴에 태워볼까 하리

그 겨울 밤바다

어둠이 드리운 바닷가
물결 속을 헤집고 나온 그림자
수평선에 버려진 노을처럼
떠나온 곳 돌아갈 수 없어
찬바람에 몸을 데우고 있네

눈 감으면
잡시(雜詩)마저
흔적조차 끄적이지 못한 채
너 없는 저 바다에서
허우적이며 울부짖고

인생은 저물어도
등대 불빛은 여기서 기다린다고
가지 말라 손짓하네

어디론가 몰려갈 어둠은
얼어버린 밤바다를
지켜내고 있구나

춘애(春愛)

청춘이 숨죽이던 땅
떠나간 것들의 자국
살짝 닫아놓은 생명수
겨울, 네가 가도 잡을 수 없는데
무엇이 아쉬워 서 있을까

야윈 몸 볕에 말리니
마른 가슴도 하나
잔설에 앉은 마른 잎새는
너에게 봄을 물어다가
먼 산 진달래 망울로 배웅할까

춘설에 춘풍이 사색에 취해
첫사랑의 마음 되어
부끄럽게 돌아서 나를 메운다

저만치 꽃을 안고
천지를 부르듯 오는
수평선에다 그리움을 적시니
그 사랑을 네가 먼저 아는구나

상사화 2

쪽빛 바다에 마음을 내던지면
망망한 푸르름은
추억으로 파랗게 몰려든다

내 마음인 양
하얀 달 어두운 밤하늘에
그립다 못 한 애증마저
회한에 젖은 추억 속

들꽃에 물이 들 듯
가고 아니 오는 것이 세월이니
사랑도 가고 나면 그리움뿐이네

세상사 값없다 투덜대다
저물어가는 하루해 붙든다고
너 간 곳 내 갈 수 없어
그리움 엮는 세월
묵묵히 지켜 나 봐야지

너 간 자리
나 채우고 지킬 테니
그리움 하나 가슴에 담고
한나절 눈물로 쏟아 놓는다

접동새 지저귀니

접동새 지저귀니 잡새도 따라 울고
한밤의 요들송에 잠꼬대 따라 하니
내일의 출근길에서 헛소리가 되려니

비웃는 눈초리에 곁눈질 마다하여
차창 가 달리기도 내 마음과 같을까
눈여겨 지켜보는 맘 어찌 이리 꼬일까

홍매화

첫사랑 못 잊어
상사병에 멍든 가슴인가
말 못하고 감춘 속
꽃으로 세상에 오다

목마른 춘삼월 볕에
너는 다소곳이 익어가는구나
강한 듯 고운 자태
기다리는 마음이야
꼭꼭 숨긴 네 망울만 할까마는

참말로 고와라
홍매화 너 아니고선
화촉동방(華燭洞房) 짐작조차 몰라라

폭풍한설 인고의 터에 내린 뿌리
상처에 새살 박힌 듯
정념도 가득하여라

빙하의 혹한을 견디고 선 절개
천하에 그 살빛 고고함이
임 향한 지조기에

동지섣달 긴 긴 밤을 깨문
연두치마 붉은 입술 춘풍에 너는
꽃 중의 꽃이로구나!

무인도

탁 터인 바다 한 가운데
숨김없이 전부를 내보이는
표류하다 닻을 내린
물 위의 땅

세월을 보태고 품었다
하늘과 땅 사이 물로 채우며
백팔번뇌 혈관에 숨긴 시혼(詩魂)
어느새 뼈마디 마다 삭았는가

하고 싶은
그 많은 언어들의 부딪힘
몸 전체 녹아 물속에서
해탈하는 시불(詩佛)이런가

흐르는 구름 별을 가려도
사방을 물로 채우고
처절한 모습 절실한 수행으로
세월과 함께 해탈하는
고요한 시귀(詩鬼)

외돌개(제주도 바위)

파도 속에 버텨온
불타는 듯 솟은 너의 야성
뇌를 흔드는 허기진 정열
폭풍 끝에 노는 바람 되고
수평선 너머 수직으로 오는 너에게서
생에 침묵을 배운다

밤에 더 출렁이는 물결
고적한 시간을 달래다
사납게 물결치는 바다가
침묵하는 숲길에
쾌적을 남기고 사라진다

바람에 깎인 바위틈
회귀본능의 날개를 펴고
갯바람에 뜨거운 심장을 세우다
젖어버린 육신의 애환에
운명을 달군
너는, 바다의 야인

한려수도 사계

춘해!
쪽빛 다독이는 바람인 듯
기우는 하루 해 파도는 잠들지 못하고
고독은 하나 생각이 젖어버린다
잔설에 눌린 저 생명이여
삶이 고행이고, 꿈이 불면이라
천하에 공존하는 한 가지가 위로로다

여름 바다!
우중에 따라오는 파도인 듯
수평선 저 끝에 어느새 어두움뿐
갈매기 떼 줄줄이 고막을 채우는데
창해 그 깊이인들 어찌 알 수 있으랴
파도로 생겨난 포말들이
그리운 나의 마음 같구나

추풍낙화!
바다에 노을이 스러지고
밤바다를 지키는 단애의 해송
그대도 멀어지고 낙엽만 쌓이다
별빛은 가득한 가을 바다
세상에 만상을 다 실어 가니
수려한 그 자태 어둠 속에 자고

북풍한설
무구한 세월 속에 묻힌 기억들
그리움은 병이고
쌓여가는 시간은 약이라
영겁에 지친 시공에 박힌 빛
나는 어둠이고
너는 빛이어라
이제부터 영원에 이르도록
값없이 길을 인도하는 성진(性眞)
내 오늘에 이르러서야 진리를 깨닫노니
철 지난 이 시린 속에서
세상을 배우노라

불효자는 웁니다

　진한 상념의 쪽빛 바다는 심장에 뜨거운 불씨를 지피며 쏟아지는 모정의 그리움을 토하고 있습니다. 내 창가에 서럽게 부딪히는 어머님의 환영은 구슬피 파도치는 이놈의 번뇌를 희롱하듯 절규하며, 가슴속 깊이 젖어 만고의 우수만을 갈가리 찢어 삼키는 눈물로 손짓합니다.

　주름진 바다는 무거운 염원을 묵상합니다. 밥벌이 오가며 또렷이 바라보는 그 섬에 배어있는 어머님의 사랑은 내 서러운 생각을 생과 사, 모정의 비정 속에 애통한 삶의 잔인함을 긁어내더니 오갈 데 없는 텅 빈 마음 갯벌에 무릎 꿇고 억수 같은 울음을 도려냅니다.

　내 남은 보고픔에 불사를 영혼에 다져진 마음의 무게는 어머님을 향한 등불을 밝히며 유일한 한 장의 사진을 바라보며 울음을 삼키지 못해 흐르는 눈물에 소리쳐 불러도 대답이 없고 죽도록 보고 싶어도 볼 수 없다는 사실이 견딜 수 없는 심장의 붉은 파도로 몸부림칩니다.

　죄 많은 자식이 돈 없어 어머니를 찾는 이 자식에게 그렇게 빛내주시던 어머니! 이제 그 빚 갚을 수 없다니, 망망대해에 벌거벗은 세월의 여로에서 엉클어진 인생 속에 탕진한 막내의 목마른 울부짖음은 애타는 그리움의 상사화 되더니 허망의 삶, 불효에 통곡합니다.

제 마음을 알아주시던 단 한 사람 내 어머니! 세월 가면 가실 줄도 모르는 망나니는 작별 인사도 못 하고 보내셨으니 어찌 막내의 통곡 소리가 구천인들 들리지 않을 수 있겠습니까. 애물단지를 아직도 '갑아!' 하며 부르는 어머님의 따사로운 목소리가 곳곳에서 들립니다.

어머님 육신이 묻히던 그날은 삼베 적삼 눈물이 범벅되어 오장 육부 뼛속까지 비통함에 나뒹굴었습니다. 왜? 어머니 아버지는 막내를 안 보시고 눈을 감으셨습니까? 이별의 슬픔을 감추려 하셨습니까? 마지막 한 줌의 흙을 뿌리며 오열을 삼킬 때 차마 남기고 떠나셨습니다.

권세도 명예도 아기자기함도 새털 끝 하나 없는 종갓집 맏며느리로 가마 타고 시집오신 내 어머니, 이제 자식의 효성으로 행복을 누리실 때가 되었건만, 자식은 부모에게 효도하고자 하나 부모는 기다리지 않는다는 삶의 앎을 주시고 영원한 그리움에 묻혔습니다.

막내 걱정에 한시름 놓지 못하신 어머님의 마음 헤아리지 못한 이 자식은 후회와 영글진 보고픔에 가슴팍이 터집니다. 무심치 못할 이 세속 어설픈 몸뚱이 하나에 매달려 어둠을 뱉어내며 살아가는 이 자식도 어머니 없는 세상이 너무나 질긴 그리움의 씨름으로 느껴집니다.

첫새벽 갯벌, 뙤약볕 논밭의 어머님 마음을 불효자인들 어찌 모르겠습니까. 중학교 등교 시 리어카에 온갖 수산물과 채소를 싣고 둥구나무 아래 권 약국 앞까지, 어머님은 앞에서 끌고 제가 뒤에서 밀며 말띠 고개를 넘어가던 그날이 너무도 그립습니다.

절 혼내시던 그 빗자루 몽둥이 천개 만개 드리겠습니다. 이 막내 죽기 전에 실컷 두들겨 패 주십시오. 어머니! 이 막내 비록 감추고 싶은 부끄러운 세월 앞에 섰어도 부서져 아픈 것들이야 운명으로 고이 접어두고, 억센 풀빛 울음으로 어머님에게 용서를 구합니다. 어머니…….

바다의 야인

장형갑 지음

발행처   도서출판 청어
발행인   이영철
영업   이동호
홍보   천성래
기획   남기환
편집   방세화
디자인   이수빈 | 김영은
제작이사 공병한
인쇄   두리터

등록   1999년 5월 3일
         (제321-3210000251001999000063호.)

1판 1쇄 발행   2023년 2월 10일

주소   서울특별시 서초구 남부순환로 364길 8-15 동일빌딩 2층
대표전화 02-586-0477
팩시밀리 0303-0942-0478
홈페이지 www.chungeobook.com
E-mail   ppi20@hanmail.net
ISBN   979-11-6855-119-0(03810)